伸縮自如的愛

李國祥 著

目錄

推薦序

社畜！我要準時下班

把愛老虎油當飯吃

生而為人我不抱歉

來玩一場文字遊戲

那些無法歸類的無病呻吟

後記

推薦序

人畜無害的悲傕與色情

石芳瑜

起初在臉書上讀到國祥的詩句時，真是萬分驚豔，比如妳發現這人竟然不分日夜地發春。你不免好奇他的對象究竟到底是誰？但那些句子又非常滑稽，況且他還有排山倒海上班悲情，你想這一切無非就是他的幻影術。想要開玩笑，有時又擔心一不小心傷了人（但其實不會，國祥已經過於成熟了）。

最驚人的是他的誠實，不管是慾望或是自嘲。他在上班時詆毀自己的工作時，你都不免替他捏冷汗：難道他的老闆或同事沒在看？

他形容月薪制：

薪水跟著月亮走／下個月還會來嗎？
我把自己跟世界串在一起／入帳的時候感覺被接住了／轉帳時又被拋了出去……

即使他的詩充滿負面情緒，但卻人畜無害，因為他是這樣寫的：

給我一把槍／誰叫我笑一個／我就開一槍／誰跟我說沒什麼大不了／我就多開幾槍／你說這樣太暴力／但我是往天上開槍／大哭大鬧是我的子彈／一發就不可收拾

或許你可以說，這就是國祥的溫柔吧。
但國祥仍有多首殘酷的詩，其中我認為最好的幾首，大多跟愛情有關（可見不是幻想），總有跳出常軌的想像力，卻又非常直白。像是這首〈捉迷藏〉：

她一天撕一頁日曆／數著他離開的日子／第一百天的時候傳了簡訊：／「我要去找你囉～躲好了嗎？」／在第二百天收到：／「可惜這不是遊戲」／在第三百天回覆／「可惜這只是遊戲」

或是這首〈思念〉：

你把獸養在我身子裡／自某天開始便不再餵食／任牠慢慢啃光我的臉

國祥的詩句並不艱澀難懂，你可以說他散發素人的氣質，精粹無雜質大概也不是他追求的，畢竟人生就是那麼阿雜，但他真情真性，正是我喜歡他的詩的原因。而這種素，即便嘗起來是葷，我想正是國祥的詩人之心。

・本文作者為《閱讀的島》總編輯

推薦序

文青不死，只是變成AV

林蔚昀

說李國祥是我最期待的詩人一點也不為過。我們認識幾年了，有點熟又不太熟，第一次見面是在談一本我本來說要寫但又還沒寫的書，他送了我幾本他編的書，我們亂聊著文學。我隨口問他什麼是老靈魂？他哼了一聲說故作姿態（還是無病呻吟），我覺得這人講話誠實又機車，可以當朋友。

後來我常常在臉書上看他講話，幹話屁話肖話鬼話廢話金句警句智慧小語喃喃自語無病呻吟開黃腔都有。他也寫詩，他的詩就像他的人和話，有時讓人覺得一針見血、拍案大笑（或痛哭），有時令人疑惑：「你是咧講啥潲？」

他出詩集了，叫《伸縮自如的愛》。名稱引人遐想又很文青，就像這本詩集裡的詩。你如果以為它只是中年文青的碎念加性幻想，那你就錯了（但也有這部分啦）。「沒有比思想更淫蕩的事了。」辛波絲卡說。李國祥是反過來，是「沒有比淫蕩更思想的事了」，或說，「淫蕩是一種思考的方式」。他寫〈不爽不要幹〉，本來是幹活的幹、工作的幹，但最後不知怎麼樓歪變成和性有關的幹（「不爽可以不幹，繼續幹是你被幹得很爽。」）。但仔細看好像沒歪，畢竟他也寫過〈生活一直在幹我〉：「舊生活幹過我／誕下正被生活幹的我／我準備好了／好了來幹我吧新生活」

生活真的會幹人？好像會，畢竟我們每個人不都被生活操（勞）得像條狗，但還是汲汲營營苦幹實幹賣血賣肝（雖然李國祥在〈賣身〉中溫馨提醒：「您的肝不值錢／怎沒試著賣腎或眼角膜呢」）混口飯吃，愛著我們又可愛又不太值得愛的生活，也巴望著生活來愛我們，雖然生活從我們口中抽出玫瑰然後又把我們推下深谷（〈絕情谷〉）。類似的主題契訶夫也寫過，他筆下的人物都被生活操垮了，但還在等待救贖等待可以休息的一天。

但是李國祥沒有契訶夫那麼悲傷。或說，他也很悲傷，但是他的悲傷很戲謔、很嘲諷、很好笑、很苦中作樂甚至很歡樂，是北野武的色情喜劇片《性愛狂想曲》，而不是大島渚的情色藝術片《感官世界》。

他似乎什麼都敢嘲諷、嘲笑，遊走在常識禮貌的尺度邊緣，但他骨子裡又頗嚴肅。對於假文青，他說：「已經是成熟的大人了／應當學會對著葉慈假高潮／對著史特拉汶斯基假高潮／對著薩依德跟切格瓦拉假高潮」（〈派對上〉）。人們對嚴刑峻法不切實際的期待，他祭出〈道路超級安全處罰條例〉，不只酒駕十年徒刑、酒駕肇事致死唯一死刑，連闖紅燈或超速三十公里以上都唯一死刑，以詩的荒謬反諷亂世用重典的荒謬。他也嘲諷語言本身，大家一片「好看死了難看死了難吃死了美死了醜死了」的形容詞和想像力匱乏，他說這是〈精神之死〉。但，他的嘲諷並非只有離地輕盈，也有沉重犀利貼地的，如〈和諧〉：「聲帶再也振動不出髒話／手腕割出的是透明體液／所有乳溝都被噴霧／點燃的菸跟中指都過曝／在和諧的國度裡／馬賽克跟馬賽克交媾／直到下體射出聖潔的光芒」這《一九八四》、《美麗新世界》的偽善真惡，也在離我們不遠處的國度上演，搞不好也在我們的國家上演。為了擊破偽善的變態，只有讓自己成為變態。於是，文青成了AV，把政治社會談得很色，把色情的政治性和社會性談（彈）出來。多年前辛波絲卡用色情作為隱喻談政治，多年後色情雖然不再那麼禁忌（所以也不用隱，可以直接癮／飲），但還是許多被壓抑的事物的出口。

不過，雖然有嚴肅的一面，其實這本詩集是很輕鬆好玩的，就像性，有嚴肅也有愉悅，畢竟寫詩就像做愛，只有痛苦深刻的人生大道理沒有愉悅誰要做啊？書中有許多讓人邊笑邊罵髒話、類似黃色笑話的詩，如〈不俗鬼〉：「色情並不粗俗／是你不夠粗／才顯得俗」或〈疊字〉：「水水安安／好棒棒可以／壞棒棒不行／吃吃雞可以／吃雞雞不行」。你要罵作者中二也好，惡趣味也罷，但看得出來，他真心喜歡寫這些，所以品味頻道和他相近的讀者（如我），也真心看得很爽。

這樣的戲謔、這樣的文學AV會如何發展下去？會疲乏嗎？會變成嚴肅的藝術片嗎？或是像《索多瑪一百二十天》那樣的政治批判？還是有別的可能？真令人期待啊。作為一本處子作，《伸縮自如的愛》的詩作數量有點太多、風格和水準也不是很整齊

（有好看死了的也有讓人覺得講啥潲的），但第一本詩集就是這樣，就像第一次的吻、第一次的性，有點笨拙但新鮮美好。

李國祥會成為什麼樣的詩人？我們還不知道。但他是什麼樣的詩人，他自己的詩句倒是下了很好的注解：「以冷漠為甲胄／撇過頭去像是揮劍／多揮幾次卻頭暈倒地不支／被自己的懦弱逗得噗哧笑了出來／防禦遂瓦解」。就像這首〈滑稽騎士〉，他帶著詩集出征，但他會成為卡爾維諾筆下《不存在的騎士》、挑戰風車的唐吉訶德、卡通頻道中的騎士或是鎖碼頻道中的騎士？就讓我們拭目以待了。

・本文作者為譯者、詩人，著有《我媽媽的寄生蟲》、《自己和不是自己的房間》等

推薦序

一種驚悚流派的衍續，或被釘在木樁上的那一類詩之脫胎

蔡琳森

這本詩集的基調，其主旋律之誕生，或許來自詩人李國祥與資本主義意識形態性之間的一場曠日時久的調情。從苦役般生活、蒼涼關係與囚籠般工作情狀等一切社會化踐行的介面逐一脫胎，它們的內在性格與現世律則保持著一種既對抗又通敵的複雜關係，如此姿態下，其詩作貌似具有隱喻性格的悲慘殘次品，卻又因為太逼真而動人，犬儒虛無的牢騷、渾話與扯淡、身心間古怪又扭曲的對應關係、自我厭棄的負面表述、語言衝動的不可靠狀態、戳破表面的粗魯伎倆，如上種種當代心靈苦難圖像慣見的必要部件，它們集體構築了一個屬於李國祥的詩世界，一種用以羞辱現存世界的工具：

展示系統矛盾下種種話語增殖的能耐，聲言被迫安頓於系統內部壓抑的暴烈後果。最後，由於詩生產並無法自外於系統，且在語言物質性上與其他商品生產也並無絕對差異，恰如馬克思曾說的，資本主義就像個吸血鬼，白天被殺後夜闇也能復活，所以李國祥的詩遂成為了一份「伸縮自如的愛」，成為一項商品，成為一個吸血鬼以貴族的步履走入他的夜闇的時刻。

・本文作者為詩人，著有《麥葛芬》

推薦序

他很正經的操文字

顏艾琳

李氏有春秋，
色中有詼澀，
解意者拈花，
護家萌萌噠。
是誰會用嘿呀、啊、呀來起筆？聲似撒嬌口愛加無賴呻吟？
言有未盡、意常滿出，接近R級卻不需輔導的文思筆力？

提起這樣殊勝的異質作家，我三絕五絕七絕九絕都不會寫了，只因他太絕，凡正經人士絕對，不要，不可在臉書搜尋關鍵字：李國祥，否則看了會自廢武功。

李氏公貌似豆豆先生、志村健、金城武、周星馳東西四大戲謔金剛的綜合體，那鬍子、那黑框眼鏡下的眼神、那不說話時歪一邊的嘴角、那有時很魯迅的表情，竟然是我的著作出版主編？

我不認識他之前，是被其在臉書上一天好幾條，酸民式的嘲諷，腦筋急轉彎式的奇趣文字吸引。追蹤久了之後，偶爾，其實是常常讀到他的詩，驚訝李氏公諷刺時事既能滿嘴酸液，抒情詩意似白茶，豪情起來像暴龍喝金門高粱。

等到讀了他的處男作，什麼伸縮自如的愛，這，腦袋偏十五度，就想歪了。才讀到目錄，不爽不要幹、賣身、酒友、這麼爛還想題目真是奇葩、生活一直在幹我、拉低水準的人最沒水準、用做愛代替作戰……還有還有一堆不知是生活把他操到發神經，還是他就是要如此操作詩句，才能在編輯工作中，看到我們這些作家詩人亂正經的文字竟還能出書，吐吐一肚子的怨氣？李氏公這樣狠狠操文字之後，或許才能矯正偏歪十五度的腦袋，規規矩矩為人作嫁衣，編出一本本好看的書籍。

可是，李氏公主編詩人，你的詩集不只魯夫可以伸縮自如、還很像一個憂鬱症服下威而鋼，引起體內不斷膨脹的憂傷。至少你嚴肅地搞三八，而我這麼一個女性讀者，會隨著你傳播的文字病，陷入強大的躁狂而自嗨起來。這本詩集的愛，太毒。

・本文作者為詩人，著有《骨皮肉》、《吃時間》等

1

社畜！我要準時下班

店員

太多東西需要充電了
可是插座只有一個
於是帶著 50% 電力的身體
30% 電力的心
前往週一的荒野
請原諒我中途的放空
可能是週三也可能是週二
端視你要我播放影音
還是開啟導航

月薪制
對現今社會之形塑

薪水跟著月亮走
下個月還會來（會吧？）
還會來的還有帳單
房租水電瓦斯信貸卡費跟串流影音
以此為週期
我把自己跟世界串在一起
入帳的時候感覺被接住了
轉帳之後再被拋出去
我只看得到命運的這一面
彷彿潮汐鎖定

廢物的假期

啊就像賴床一樣
假期所剩無多
醒來在
不早不晚的尷尬時刻
「收假後要努力工作喔！」
像設定好的鬧鐘令人不得安眠

世界之為厭世或表象

有的人拚了命想活著
有的人活著像是要了他的命
有些活人假裝在拚命或拚過了
有些死人連裝都不想裝

所謂選題

身為因循股份有限公司員工
我只會複製貼上你的愛
頂多過程中把你拿去餵狗
看看你的愛是不是跟以前一樣
那麼簡單純粹而分明不是恨
如果不是我也沒辦法
因為已經貼上去了

對人不對事

人是政治動物
人不是政治動物
人是感性動物
人是理性動物
人是群居動物
人是獨居動物
人是動物
人不是動物

工作

很高興知道
我在你的待辦清單上
雖然是不急的那種
但我急也沒有用

刻度

我說 100% 愛你其實是在說謊
事實是 33% 在上班 15% 在玩手遊
28% 在睡覺 5% 在通勤
7% 在吃飯 9% 在看臉書
2% 在發呆 1% 在愛你

喔你說不是這樣
只要沒愛別人就是 100%
突然明白原來覺得沒被愛
只是大家都很忙而已

社會化

我是罐頭工廠的工人
是罐頭工廠的工頭
工廠裡只有我一個人
我每天上班做罐頭
把所有念頭裝進罐頭裡
慾望跟言語裝進罐頭裡
下班之後帶著罐頭回家
打開罐頭自己吃
有時候也分給別人吃

現在為您進行一個異化的部分

嘿，我們來聊聊數字吧。
當我只是業績表上的一個數字。
當我的作者只是銷量表上的一個數字。
當作者的每一部作品只是排行榜上的一個數字。
你關心數字還是關心作品？
你關心數字還是關心作者？
你關心數字還是關心我？
不，別關心我，還是關心業績吧！
讀者才不關心這些呢。

門戶

打雜是薪水的一部分
打字是薪水的一部分
開無意義的會是薪水的一部分
被上司鐺鐺鐺是薪水的一部分
薪水的一部分是看報表
薪水的一部分是喝咖啡
薪水的一部分是召開無意義的會
薪水的一部分是鐺鐺鐺白爛下屬
一部分去買 Lexus
一部分買在明水路

辦公室是我的一部分
你們也是我的一部分

上班族

擁抱是月薪
接吻是獎金
分紅連想都不敢想
愛情真是吝嗇的財主
任憑怎麼過勞也只得到苦
沒有競爭力的人留在崗位上
冀盼被施捨一些什麼
就變成痴漢
下了班罵老闆以自瀆

對通路進行一個貼標籤的動作

有些書的父母是網紅
可以，這很博客來
有些書很硬很厚很好睡
可以，這很誠品
有些書長得一副娃娃臉
可以，這很金石堂
有些書的身上有刺青
可以，這很讀冊
有些書跟他們四個都不好
可以，這很獨立

如果薛西佛斯是上班族

疲勞是一堵眼前的高牆
望之油然而生放棄的念頭
無意義是一堵跟前的矮牆
連跨過去的必要都沒有
無意義的疲勞是五百障礙
每一週要跑七次的感覺
疲勞占據了週末
無意義則沒離開過

沒有命運規劃局

如何用一分鐘
接十年的吻？
用三年搭同一班車通勤
用三年不換工作
用三年不搬家
用三百六十四天相遇
用一天別離

幫我按下時間停止器

賤人的時間是騷貨
一有空閒就想被塞滿
有些人很沒禮貌
問都不問就插進來
人家騷歸騷
下了班還是比較喜歡自己玩

不爽不要幹

你有條件開放，
我無條件投降。

通勤不算上班，
用 line 開會也不算。

加班可以補休，
不補休是你自願再加班。

不爽可以不幹，
繼續幹是你被幹得很爽。

賣身

聽說爆肝可以換來好收入
便以為每一副肝都珍貴
有些肝則更珍貴一點

稱斤論兩太血腥
日領或月領一樣血腥
甚至更血腥

還是不夠努力呀
您的肝不值錢
怎沒試著賣腎或眼角膜呢

酒友

跟我一起沸騰
一起蒸餾吧
碰到冰冷的世界
就凝成純粹的液體
我們之為物只剩
被吞下喉嚨的價值

衰呀老皮

我是一條橡皮筋
綁著小朋友雙腳不能遠行
綁在課桌椅上寫試題
長大以後綁住大人的夢想
綁在辦公桌上寫單據
近日越來越疲軟了
得多繞幾圈才綁得緊

潛

你不知道我在想什麼
陸沉的板塊陷入
近乎黑的深藍裡之前
也曾目睹白雲
你知道我在想什麼

物盡其用

把不同品種的我們化作齎粉
潤潤的萃出幾滴香醇
一潤又潤
萃而再萃
終於累成了渣
熄事後的菸

這麼爛還想題目
真是奇葩

接住每晚瀕臨崩潰理智的是怕死
每天仍堅持著上班的原因是貪生
還在呼吸髒空氣喝劣酒的是將就
這樣的我還有人會在乎的是僥倖
一直持續貼廢文爛詩真是不要臉
能夠不知羞恥活著的祕訣是忘卻

菸

兒子大喊著說
給我一點時間
女兒跑過來說
給我一點時間
妻子轉過頭說
給我一點時間
情人傳訊息說
給我一點時間
時間一點一點被拿走了
工作卻不管我

還有多少時間
生命不告訴我
還有多少時間
我點了一根菸
抽自己的時間

貢獻

我是蝴蝶的蝴
不是葡萄的葡
有我很好
沒我沒差

II

生活是一團Phun與Shit

伸縮自如的愛

給我你的全部
其他的我不要
別一點點給像擠牙膏
要給就要有氣魄
給的時候請看著我
看我手裡是一輛貨車
或一個宇宙

生活一直在幹我

舊生活幹過我
誕下正被生活幹的我
我準備好了
好了來幹我吧新生活

道路超級安全處罰條例

酒駕十年徒刑
酒駕肇事無期徒刑
酒駕肇事致死唯一死刑
闖黃燈十年徒刑
紅燈右轉無期徒刑
闖紅燈唯一死刑
超速十公里以上十年徒刑
超速二十公里以上無期徒刑
超速三十公里以上唯一死刑
變換車道未打方向燈十年徒刑

禁止臨時停車處停車無期徒刑
併排停車唯一死刑
胎壓不足十年徒刑
胎紋深度未達安全標準無期徒刑
使用再生胎唯一死刑

玻璃心

一句話沒接好
心情摔碎了
拼起來還是少了什麼

寫實

終於也活得沒有
比往事更迷人的期盼
只顧低頭爬生活的格子
以吃喝拉撒領稿費
還好小時候作文沒寫過
我的志願是當快樂的大人

卡債與旅行的意義

對不起我只能盡最低應盡責任
因為我只繳得起最低應繳金額

美景我們都看過了
你們也看過了就好
在螢幕上看也差不多

美食可以看看就好
只要餓了什麼都好吃
吃進肚子裡也差不多

不要追求負擔不起的生活
一起追求便宜又簡單的幸福

溺

發出求救訊號
不幸唯一收到的人
一樣處於滅頂之際
或許我們都該怪罪
生活之艱難
他人用心之歹毒險惡
牽著手寂寂沉沒
悲哀的是
一人冀望就此死去
一人仍掙扎求生

生活

從一個夢境逃到另一個
噩夢與美夢的因果
可預期的情節
重複的夢叫作生活

社群網站

在動態牆上留下一篇篇名為我之物
誰撿到了就給我回應

按讚是傾聽
留言是交談
分享是心有戚戚
收集最齊全的人得到我的心事

你也把自己剪成一片片拼圖
撒落在牆上牆下的四處
無須刻意查詢

那不是某一個人應該負擔
你之於我是一部
我之於你不該是全部

但不能用身體談心事
因為那既骯髒又神聖
是了不起的佛地魔
不能讓別人知悉
喜歡什麼樣的觸碰
享受多熱多冷的溫度

房仲

這間是方先生跟圓小姐的家
這間是蜂太太跟她一家三口住的
不好意思啊十七邊形先生
我手邊好像沒有適合你的房子

沒關係啦
反正這麼多年我也習慣了
真難為你了
正常人只有一種
怪胎卻有那麼多種

喔不是
怪胎只有一種：
不正常

沒關係啦
反正這麼多年我也習慣了說：
沒關係

一個文謅謅的早晨

氤氳的是你眼裡的目屎膏
葳蕤的是你起床後的頭髮
夭矯的是你分岔飛舞的小便
參差的是你用了半年的牙刷

聽到「爸爸抱」

緊緊抱著孩子
因為我知道
等他們有選擇之後
不會選擇抱我

書店關門之後

一間書店要關門了
上門的人終於比店員多了
書賣得終於比咖啡多了
路過的人轉頭看了一眼說：
終於要關了
那些苦苦煉成魂魄的字還不如：
特價再特價最後一天
老闆不在今天亂賣
店租到期不再續約跳樓大拍賣
打折打折打到骨折

瀆書心得報告

想我已九世輪迴
仍脫不出再生為紙漿
百年來孤寂不過
三生石上一株七里香
空有厚厚書背
自己卻翻不了身
棧板如煉獄
赤字如業火
怎一個愁字了得
今生今世又遇一悲催編輯

四十

用盡所有成熟
去擠一顆叫青春的痘
再用盡所有稚嫩
去打一片叫老人的斑
中年飄蕩在此之間
成了沒有落腳處的危機

warum

我認真想過了
我不想跟你們一起生活
因為你們根本不懂
更不曾認真想過
別人怎麼活
生活不可以只有爽
這是你們嘴裡常說的
可是他們要的並不是活得爽
就只有——只有活
為什麼你們爽了他們卻不能活

得失

昨天走失的狗叼著後天
找到今天的我
我們注定要相依為命

物我

誰能把天上的浮雲看開
要他們為你的餘興讓位
遂與不遂有時
月沒月出有時
打開桌上的燈泡色 LED
於是有了展頁讀書的光
明月幾時有
海上生明月
我不是你桌上的燈泡色 LED
也不是天上被浮雲遮住的月

中離

電影放到一半你就走了
留下半桶爆米花跟我
甜的口味從此缺席
你說後面的劇情你都猜到了
是太悲傷的結局
我們尚未演出的半生

渺小一生

我不是自卑
是真的很渺小
小到螞蟻都會不小心踩到
你們都是螞蟻

我和我追逐或逃離的夢

我有好多夢
黃的灰的
做了的沒做的
好的壞的
忘掉的記得的
都不是我能控制的

心腸

冷暴力是不對的
缺乏熱情則可以
故意忽視是不對的
無力正視則可以

心本來軟的
是傷害讓它變硬
一層層粗礪的繭
躍動時磨損所有包圍的物體

恐怖片

你喜歡看恐怖片
不喜歡演恐怖片
我是你的恐怖片
你從指縫間看我
有時候選擇閉上眼
卻仍然聽到
我恐怖的威脅

哭哭喔還我童年

以為陞遷像跳房子
其實是大風吹
吹會邀功的人
出包時像在玩抓鬼
忙起來時沒人支援前線
開會就一二三木頭人
客戶派老鷹來抓小雞
站最前面的是小雞
母雞跟老鷹同一國

拉低水準的人最沒水準

棲身陰影裡的人
不能說陽光就是暗的
在雨中瑟縮發抖
不能說淅瀝聲不悅耳

為什麼不爭氣呢？
畢竟天高地闊始終任你遨遊
哪裡有不景氣呢？
畢竟豪宅超跑依舊搶購一空

平均薪資近六萬創十八年來新高
肝指數跟一份雞排的售價也是
天龍國的父母都會留給孩子
市長幹嘛還要蓋我租不起的房子

貪心的人毛很多

要一塊只能給五毛
一塊是兩個五毛
聽起來毛毛的感覺很髒
別人給你一塊兩毛五
你拿了就別想要我的五毛
一塊七毛五是三個五毛加兩毛五
毛毛的加毛毛的
真的讓我很不舒服
請不要說五毛是五個一毛
在我心裡五毛就是最小單位

III

把愛老虎油當飯吃

紙鳶

把線交到你手裡
任腎上腺素帶我越來越高
越來越高
直到我說覺得自己自由如鳥
你剪斷了線讓我墜落
在看不見的遠方

怎麼了？

體諒才不是搖頭說沒事
體諒是笑著說我很好
體諒才不是說沒關係
體諒是在你面前絕不哭
體諒是不讓你問我：
怎麼了？

失眠的農夫

我經常日夜在想著務農的事
其中有許多複雜而繁瑣的細節
但大抵說來總之是
關於如何將根莖類種入你肥沃的田

泡泡

在不知名姓的人面前脫衣服
接吻，不喝對方的手搖飲料
赤條條走進淋浴間，不邀請
開動前先禮貌問一句可以嗎
不交換名片，其他都能交換
包括前面三十位的心得經驗
然後再交換，上下前後左右
直到鈴聲響起：剩十五分鐘
心想過得好快或是還有好久
下次直接約在老地方或不約

精子的波粒二相性

他在你們的合照裡愛你
甜蜜的話在心裡泛起了漣漪
他在他們的合照裡不愛你
分手的藉口在心裡捅了一刀
兩種都是真實的他
被捕捉在拍照那一刻

學霸之愛

你是我的填充題
我是你的選擇題
我們的關係遂成了申論題

捉迷藏

她一天撕一頁日曆
數著他離開的日子
第一百天的時候傳了簡訊：
「躲好了嗎？我要去找你囉～」
在第二百天收到：
「可惜這不是遊戲。」
在第三百天回覆：
「可惜這只是遊戲。」

過濾

愛　情

自尊　自尊　自尊

．．．．．．

．．．．．．

沒辦法總是要有點犧牲

全形的愛情穿不過來

起碼我吸的這批很純

想的二極性

說了那些話
做了那些事
想也知道我愛你
你卻想都不想就對我說：
我愛你

情歌有沒有唱錯

把情歌裡的專情跟絕情
加起來除以二
把負心跟痴心加起來
除以所有需要愛情的人
愛情從來不患寡而患不均
唱情歌的人沒有錯
錯的是你愛唱情歌

情學

幸福是內涵
外延是一雙雙十指緊扣的手
愛情是內涵
外延是一隻隻認真聽誓言的耳朵
快樂是內涵
外延是一次次把自己忘在對方身體裡毫不保留
相遇是內涵
外延是你不會是第一個你，我也不會是最後一個我

調情的料理量匙

要燉煮痴心
需要加三杯言不由衷
還有一匙故作灑脫
然後以乾柴烈火熬製
時間是天長地久

要油炸花心
必須得用十人份言人人殊
加上兩茶匙緣木求魚
經過水深火熱處理
直到冒出過眼雲煙即可

絕情谷

你送我一枝玫瑰
跟我說愛情
就像玫瑰

我點點頭以為懂了
把玫瑰銜在嘴裡
露出試探的笑

你說不是這樣的
從我嘴裡抽出了玫瑰

扔下我身後的深谷
趁我轉頭看時推了我一把

我躺在滿是愛情的谷底
嘴角噙著血
露出明白的笑

原愛

凡壞掉過才是好的
不曾破敗的生命不足以完滿生命
你眼裡的瑕疵
是我深愛的病

不必假裝正常
別粉飾美麗
這樣就好　很好
只看到素顏的心

抵抗

寂寞不斷攻城掠地
你試過所有方法抵抗始終徒勞
最後才發現
只有寂寞能抵抗寂寞

吻

不，我要宣布：
親吻是敗德且可鄙的

你們曾皸裂豐潤與共
如今竟渴望另一片脣的觸碰

你們當從此緊緊相依
不再讓一句情話被說出

趁早

每一天都想著可不可以
趁還能抱的時候抱你
趁還能愛的時候愛你
趁還能幹的時候幹你

可不可以也請你
像沒有明天一樣的
幹我愛我抱我
不要再等明天了

奢求

如果不需要擁抱
就好了

如果見面點頭握手
親切寒暄問候就夠了
就好了

如果這樣夠好了
就好了

如果多了
就變成奢求

歸來

一點一點地老了
細胞一個個代謝以
更老的細胞
在斜暮裡自皮上剝落
飛懸於掉下的鬚髮之間
但你還在等
等我脫去凡胎
蛻為光明而懞懂的少年
那樣才配得起你的愛

愛不投機

「咦？你要走了？」
「對，我趕著去愛下一個人。」
「我好愛你，你愛我嗎？」
「不要一直問好嗎？你剛剛才問過。」
「我覺得我再也找不到像你這麼好的對象了。」
「你真的有努力去找嗎？」
「你要愛我一輩子喔。」
「你上次說要愛你一萬年，一萬年是幾輩子啊？」

聯覺者

嫉妒是酸的
思念是澀的
我愛你三個字聽起來像巧克力
95％可可的那種
紅色的味道就是辣椒
彷彿聞到你愛上了別人

應用

她的歷史很好
熟稔他的每一段情史
她的地理很好
記得所有跟他去過的地方
她的國文很好
聽得出是誓言還是謊言
她的數學很好
會用兩人之間的角度算出第三者的距離

我們的故事

還沒翻開就知道是小說
看進去出不來的虛構
準備好了面對伏筆
卻還是意料之外
讀到最後一頁的最後一行
最後一個字是續
才知道原來沒有結局

心頭肉

我把心掏出來了
難堪的是你不把它放進
你心裡
我把肉掏出來了
難堪的是你不把它放進
你嘴裡

換句話說

我想跟你一起睡
我想睡你
我想跟你一起起床
我想一醒來就看到你
我夢到我們分手了
我夢到我們曾經在一起
我們是我們
我們是我跟你

謝謝

刀子遞給你
可以割我
但你沒有
好愛你
你走的時候
刀子還給我
是用捅的
謝謝你

心願

關於色情
你懂得太多了
表情是半穿不穿的
口腔是連皮帶肉的
光滑是需要磨礪的
黑夜是白濁色的
迷醉是清楚的
你懂得太多了

關於色情
脫掉是羞恥的
開口是露骨的
交纏是需要氣氛的
白晝是見不得人的
正經是曖昧的
我在朝陽下的青草地上對著露珠許願
但願你不曾懂
這樣才不令我覺得齷齪

壞學生

愛教你純潔
愛教你守貞
愛教你專一
愛教你無邪
愛教你不變
愛教你永恆
愛教你好多好多
只教了我忍耐
我一定是個壞學生

IV

生而為人
我不抱歉

還是寫詩好了

看好囉
我只示範一次
把謾罵變得模糊
把情慾變得曖昧
在場的所有人我都唾棄
不在場的有些人睡過我

假正經

晨鐘黃昏時又響起
寺內施主拈香懺情
簾後老僧心血湧動
在小和尚懷裡入定

別笑，想標題是很嚴肅的

內容農場不種內容種標題
以貧瘠的內容灌溉荒蕪的心

誰的標題不迷茫
你的內容必須有點標題

你只是看起來在想標題
將來的你一定會感謝現在想標題的自己

不要在該想標題時選擇想內容
你要嘛想標題要嘛出局

邊緣

縫合時間的不連續
遺忘如何憶起
不曾遇見就不會重逢
無從想念未嘗失去的幻肢
貼身收藏被偷走的皮膚
張狂的銳刺被舌頭的溫柔馴服
醒著做了一個夢
夢見自己醒著但不想醒
還有好多善良的羔羊等待迷途
躡著孤獨的腳步躲在人群後跟蹤
逃到無人的角落才發現所有眼睛都盯著這裡

沒用的我

萬一走散了
別回頭
這樣你才不會發現
我還站在原地
不是擔心你內疚
是害怕被你看見這麼沒用的我

列車

是誰先下定決心不等了
輪流獨自久候的月台
一個人上了車
驚覺青春時日無多
卻曾大把大把的揮霍
在候車室等著
開往命中注定的緣分
一列編號 1314 的加班車
車廂裡坐著的每張臉都是自己
沒有別人

病

你說社會生了病，
所以人生了病。
我們不治療社會，
我們治療人。

我們有藥啊：
一顆一顆的那種，
一間一間的那種，
一遍又一遍的那種，
讓你在有生之年輪迴。

你說社會生病了？
社會不會生病，
只有人會。

沒有人按讚的時候

看不見邊際
丟篇貼文進去
．．．
無聲無息
像洞沒有底
．．．

默默刪掉
還好有線綁著

下流

黑夜照亮了慾望
比白天做時光明

計程車上的乘客剛吃了五分熟的肉
司機剛剛在巷子口先小了個便
接著載他們去吃五分熟的心

城裡還有更多人
一手快轉愉悅一手延長快樂
他們吃不起肉也負擔不起心

正常排洩出來的終被含納
黎明的街道則吞下逆流的酸腐

中原雙重標準時間

來啊
往我的傷口上撒鹽
好讓它變得美味
傷口若是你的
則會更美味

真相之死

他們知道自己在散播謠言，好嗎？
你不要那麼天真，好嗎？
該死的都去死一死，好嗎？
答應我，好嗎？

差勁的多功能

扮演許多角色
每一個都好重要
卻沒有一個扮得好：
差勁的爸爸
差勁的丈夫
差勁的情人
差勁的編輯
差勁的企畫
差勁的同事
差勁的兒子

差勁的弟弟
差勁的哥哥
差勁的朋友
差勁的路人甲
像個盜版的32合一卡匣

派對上

已經是成熟的大人了
應當學會對著葉慈假高潮
對著史特拉汶斯基假高潮
對著薩依德跟切格瓦拉假高潮
對著讓你的那一群人高潮的一切事物假高潮
只要能一起狂歡一起享樂
裝得再不像也沒人管你的高潮是真是假
你說可是明明什麼都沒有做過啊
可就是高潮了我不管

陰雨天

有些人就是迎風面
全世界都不幸的時候
只有他們下雨
早上出門還好帶了傘
昨天剛買了一雙新雨靴
不溼不冷怎麼秀我的名牌風衣
站在高燥的樓房裡
大面的落地玻璃窗前
慶幸只有我沒哭

怪醫杜立德

傲慢的醫生打敗權貴
成為了新權貴
他在塔裡養滿驕傲的孔雀
容不下啾啾的麻雀
他說他懂鳥語，孔雀說：
在座的各位都是垃圾

真身

其實早已經死了
不斷進食假裝還活著
持續排遺留下證據
裡頭充斥腐爛的變態的
外敷體面的正常的
尚未滲漏的組織液及其組織
噗一聲膨脹的發酵的氣體
酸嗆的發臭的終於被人聞到了
噁！

有機

從前從前播了一顆顆種子
長得端正的盡皆刈除
只留下順眼的拐瓜劣棗
以後以後別再說我的心是一片荒蕪

夢的四則運算

怎麼還沒睡
那個誰不是在夢裡等你
因為失眠所以失約
還是走進別人的夢裡
我還不想睡
總是在該睡的時候醒著
等你一起睡
然後做各自的夢

偽心理建設自序

運氣好的話
可以過得很不錯
別想著過得不錯
會比較好過
別想著運氣好不好
會更好過

試申論之

遇到問題該解決問題
或解決有問題的人？
解決愛的問題
或解決有問題的愛？
解決慾望的問題
或解決有問題的慾望？
解決人生的問題
或解決有問題的人生？
覺得你還是不懂……
因為我就是問題
我就是有問題

做自己好自在

人生中有些事重要有些事不重要
重要的那些重要
不重要的那些不重要
重要的那些有些不重要
不重要的那些有些重要
怎麼之前說重要的後來又不重要
說不重要的後來又變得重要
我想是這樣子啦
你覺得重要就重要不重要就不重要

懲罰

教他犯錯
不聽他解釋
教他失言
不讓他道歉
教他負疚
不許他贖罪
教他禮貌
不要他感謝
於是長大
於是成熟

好事者

愛因斯坦的日記
沒有對象的詈辭
樹洞裡放置錄音筆
把耳語截圖轉貼私訊
想知道他到底在罵誰
為什麼不問問神奇海螺

懂撩

你綳緊了弦
把琴撩撥出了音
我只能求你別彈了
那一根根的
是我的理智線

玩我啊

我是打發出軌時間的手遊
幸福生活的體驗版
浪漫愛情的試玩版
經典笑話的復刻版
歡迎下載
登入就送失望
首抽必中折磨

精神之死

死了
都死了
好看死了
難看也死了
好吃死了
難吃也死了
瘦死了
胖也死了
美死了
醜也死了
不鹹不淡的活著
只是死不了

謹防山寨

猴精跟花果山小猴子玩
牛精跟他老婆鐵扇公主玩
白骨精、蜘蛛精想跟唐僧玩
人精才不跟學人精玩

勿忘我

要是沒有記憶，
我也只是自己的陌生人。

主演

想同情自己
找一個理由哭
人生乏味
找一個故事演

你活得不深刻
跟別人一樣深刻
指甲刮著水晶鏡面
磨擦力跟什麼成正比
喔搞錯了

是不夠硬的關係

別看小說看電影
小說裡影影綽綽全是自己
不如一小時四十一分的法斯賓達
或一小時三十九分的基努李維
戲劇化的看完了以後演幾分鐘
記得幾分鐘就演幾分鐘
人生越乏味就多記得幾分鐘
演越多就越同情自己

浮

慾望之洋上我只是一葉孤舟
你拋下了槳任我獨自漂流
告訴我：
我不是浮舟是陸地
地契上頭只有一個人的名字
名字不叫大海
潮來潮去
身為孤島難免會有漂流的錯覺

負面情緒

給我一把手槍
誰叫我笑一個
我就開一槍
誰跟我說沒什麼大不了
我就多開幾槍
你說這樣太暴力
但我是往天上開槍
大哭大鬧是我的子彈
一發就不可收拾

V

來玩一場文字遊戲

疊字

水水安安
好棒棒可以
壞棒棒不行
吃吃雞可以
吃雞雞不行
寶寶可以
貝貝不行
謝謝掰掰

現場照

事故
一起事故
發生一起事故
一起發生一起事故
事故一起發生
一起發生
發生

歧義二首

1 leave me alone

離開我，你一個人
任我孤單
清清淨淨
原來你在
原來你不曾離開

2 don't miss me

別想我
別錯過我
想我就別錯過
錯過就別想了

不俗鬼

色情並不粗俗
是你不夠粗
才顯得俗

源

你比我快樂
你比我痛苦
你比我痲木
你，你和你
誰比我更接近生命的本質

年年有餘

每年許下的新願望
都是去年剩下的願望
而且好巧：
內容一樣數量也一樣

用做愛代替作戰

聽到你罵幹的時候
多希望你在後面加一個我

證人

意義睡著了
所以我不想睡
我要醒著
目睹事件發生

長大

年輕人是被青春耽誤的成年人
青春耽誤了青春
成年人則被逝去的青春耽誤了
後悔耽誤了青春

枯竭

叛逆期」
翻過牆後」
沿著牆根走」
通勤電車」
掣動轉轍器」
規規矩矩出軌」
保特瓶」
資源回收」
有先洗乾淨」
積積陰德」

昏桃賣暖蛋」
人在做天在看

真是抱歉
什麼好壞事
都有人做過了

最後一句是重點

要記得你是花火
曾經燦爛過
開放在涼涼的夏日夜空
要忘了現在的溫度
忘了點燃你之際
沒有人問你：
想看……
可以射了嗎？

無他

妳是女神嗎？怎麼
身上藏著費波那契數列
每一幅有妳的畫面
比例都是黃金的

安慰劑

荒涼是這樣的
我跟你說我心裡破了個洞
你遞給我一片OK繃
孤獨是這樣的
我跟你說我的心情不平靜
你拿給我一把熨斗
悲傷是這樣的
我跟你說我好難受好想哭
你送給我一瓶酒
無力是這樣的
我跟你說

你就聽我說
你說不是這樣的
我跟你說了
所以給了我ＯＫ繃、熨斗跟酒

當一個堂堂正正的中華民國人

身體不可以赤裸
歧視可以
孩子不可以不乖
大人可以
女人不可以風流
男人可以
同性不可以通姦
信徒可以
業配不可以收買
良心可以

慾望不可以發洩
憤怒可以
正義不可以殺掉
人權可以
風化不可以防礙
自由可以
中國不可以嘻哈
其實可以
你們不可以
我可以

傾訴

我的心事有一千公斤
煩惱有兩千公斤
罪疚有三千公斤
你說你背得動
我知道你在逞強
於是分給你一公斤心事
兩公斤煩惱
三公斤罪疚
跟你說謝謝
我輕鬆了不少

交友APP

別猜
你猜對了
我不想說出口
你都知道了就別問
不說出口就永遠有可能
可能是浮在塵世的我
遇見沉在空中的你
一滑而過
於是有人墜落

朽

從來不能揀選
要落在怎樣的沃土
玫瑰才得以芬芳
從來只是
草色的花開放在
無人知曉的地方
從來沃土自沃
玫瑰各自芬芳
草色的花灰敗在
無人知曉的地方

直接

快愛我是比愛我更急切的一句話
我喜歡　我想聽你說
好好愛我則是老派的
老派有時候很浪漫
不要只是說愛我

快幹我是比幹我更動人的一句話
我喜歡　我想聽你說
求你幹我則是委屈的
委屈有時候很色情
不要只是說幹我

和諧

終於在次日清晨做了
一個有馬賽克的綺夢
夢裡我把〇〇放進她的〇〇

蛋雞誕下的水煮蛋自備鹽巴
荷包蛋自備龜甲萬
乳牛產出罐裝調味乳及奶粉
起司跟優格也包裝好了
聲帶再也振動不出髒話

手腕割出的是透明體液
所有乳溝都被噴霧
點燃的菸跟中指都過曝

在和諧的國度裡
馬賽克跟馬賽克交媾
直到下體射出聖潔的光芒

插入

專一很容易
插進去就是現任
拔出來就是前任
使用中永遠只有一個

每個USB插槽都這麼說
也不想想這插滑鼠那插鍵盤
還有留待隨插即用的
桌機真的很不容易

忘了

忘了是久別重逢
還是久了就別重逢
忘了初次的相遇
每次相遇都是初次
忘了是相處久了
把相遇當久別重逢

人聲

舌頭是敲擊樂器
說情話是德布西
講道理是音階練習
小聲的斡是三角鐵
混在別人都很整齊的交響曲裡
大聲的斡是定音鼓
聽見的所有心臟都會漏了一拍

賭注

行星帶著衛星與流星相遇
拉扯且推擠交會成圓舞曲
質量大的權當 S
質量小的就當 M
權力的位階本是天體規則
永久的平衡並非宇宙慣例
沒有什麼對不起
比較愛的就輸了

蛋蛋的哀傷

善良的雞本來是不快樂的
直到善良的人哭訴
每天第一顆蛋原是上天的恩賜
但哲學問題使美味盡失：
「雞生蛋？還是蛋生雞？」
雞後來快樂起來了
哲學問題是哲學家的問題
人只知道這個社會就是有雞生蛋
每天第一顆蛋依舊美味無比

社交

你可能跟某個人「睡了」
但你沒閉過眼睛
你可能跟某個人「做愛」
但你根本不愛他
所以就算你不確定做得到
你還是可以跟某個人發誓：
「我會永遠愛著你。」
好證明你有多麼愛他
大家都是這樣做的
不信你去問別人
大家都是這樣說的
不信你試看看不要說

色

一直看紅色
就會看到綠色
一直看綠色
眼睛會很健康
一直不看黑色
不會看到白色
一直不看黃色
雞巴不會健康

占

水曰辰
金曰太白
火曰熒惑
木曰歲
土曰填
流年在筆下不利
本命在嘴裡犯煞
災厄在天上運轉
讖緯在心中留傳

我是

我是汙點
為你做過最乾淨的事
是擦掉自己
我是業障
為你做過最有緣的事
是勘破因果
我是犯錯
為你做過最正確的事
是否定自己
我是傷口

為你做過最溫柔的事
是不留痕跡

天平

你真好
比誰都好
我誰也不認識
認識你之前只認識你
認識你之後也只認識你
好是相對的
你對我好
我才對你好
我對你好
是想跟你好
不想你跟別人好

說不出哪裡好
就是不好
或是不怎麼好
說得出哪裡好
就是只有那裡好
問你好不好
不是想知道你好不好
是想要你好
你不會問我好不好
在你眼裡
我總是好的

VI

那些無法歸類的

無病呻吟

憶壕上

自莊周夢見蝶後
就再也不准夢見惠施了
不准再夢見他倆脣槍交抵
舌劍自然得收入鞘中
自惠施得知子之樂後
就再也不關心魚之樂了
不快樂的他只想知道——
不再夢見自己的莊周快不快樂

鼻塞

我的身體是如此民主
連小小鼻竇都有發炎權
即使它讓我窒息
讓我跟芬芳與惡臭無緣
我必須捍衛它
——我彷彿能理解
怎麼會對健康跟制度過敏

VR桃花源

你的心有一道牆
但我看見一扇窗
初極狹
纔通人
我不喜歡談政治
專心拼經濟的歲月靜好
乃不知有漢
無論魏晉
都是中國
不要分那麼細

漫長的告別

告別有時漫長得似無止境
自再也望不見的那一刻起
才知道是真正活在心裡
還是成了不願揭開的回憶

夜遊

老司機不斷開車
帶少年前往不可逆的旅程

見過了血
玫瑰色記憶暗成琥珀
滴下幾滴夢魘

見過白骨
森森獠牙在夜半索求
餵養更多屍首

你看看
我體內的怪物已經長得這麼大了

不純砍頭

純純的戀愛只求交往
動機是求過程，過程是求目的
蓋棉被是純的聊天
複雜的人覺得複雜很壞純純是好的
按摩跟路邊搾的果汁一樣純
陪酒跟陪睡一樣純
賣什麼都可以足兩足斤的秤
三瓶一百，今天買還多送你一瓶

集合

你有的不少
你要的太多
你並不孤單
你只是寂寞
你過得美好
你感到悲傷
你的生活是數學
你的生命是文學

廢結合

沒有希望比光更亮
虹色在此合為白晝之夜
沒有速度比光更快
逃不離的一切在黑洞裡團圓

多的

新的娘不是新娘
有錢的人不是有錢人
人中的呂布人中比赤兔馬長
我不是我的
你不是你的
我們都是多的

故障

是誰把燈關了
有人還在房間裡
看或不看都一樣
沒有窗也沒有天亮
別一直敲黑暗的門
敲門聲讓黑暗更黑暗

當我們擁抱

當我們擁抱

這世界平均只有一個人
但每個人平均有一人被抱著
這世界的平均溫度是 36.8 ℃
寒流永遠不會來襲
這世界裡沒有時間
儘管星球在我們之間仍運轉著
宇宙仍持續膨脹

老四季

春天裡只要遠遠看見花開就幸福洋溢
夏天裡才握手五分鐘就感動得想紀念
還興奮得勃起，每個地方都適合交配
秋天裡射在不知姓名的身體內
隔天就想不起身體的主人長什麼樣子
從今以後只有漫無止境的冬天
在腐植層裡懷著思念卻不再萌芽

名實

蹺課是學生的特權
畢業了就沒有機會蹺課了
蕩婦就要有蕩婦的樣子
只跟老公一個人做愛成何體統
當偽君子之前要先當君子
然後趁沒人偷偷把拉鏈拉下來就成功了
不過所謂悖德其實無關道德
最主要還是感覺很刺激

不髒不髒包

把規矩龜甲縛、純潔滴蠟
口球塞進教條嘴裡
拘禁天真的項圈
另一端連接無邪的栓塞
先不准出來出來出來了
再強制出來出來都出來了
由於排瀉過程符合道德
就算被看見也不害臊

獨特

是的，你很獨特
像天上的星星一樣獨特
你抬頭看看夜空
存在視野裡的星星這樣多
比世上的人兒還多
看到了嗎？那顆夜空中最亮的星
並不是你

滑稽騎士

以冷漠為甲冑
撇過頭去像是揮劍
多揮幾次卻頭暈倒地不支
被自己的懦弱逗得噗哧笑了出來
防禦遂瓦解

會痛

子夜剃光了毛
只剩下病
黎明留我們獨處
有點尷尬

簡稱

最好是湖南跟江西
而不是只有江西
這樣的行程才有互動

婚

一個個集市遊走著
交換言語跟心事
交換體液跟誓詞
直到再無可換之物
兩個集市如一個
據說這是最偉大的那種
交換

欸先生你這樣讓人很困擾

我的喜好只是你的困擾
你的困擾不是我的喜好
把困擾好好收起來自己喜好
把喜好好好收起來自己困擾

思念

你把獸養在我身子裡
自某天開始便不再餵食
任牠慢慢啃光我的臉

每片葉子只綠一次

像一片葉子
在她的枝椏上綠過
掉落時留下瘡疤
像一句詛咒
在離她不遠處腐爛
誓言永不再萌芽
沒有一片葉子像我
沒有一句話不會再被說出口
枝繁葉茂裡絮語嘈雜

系

咳不出珠玉
淚哭不成花
心不會真碎
吶喊達不到彼岸
無表情的面容不分木然或沉睡
鬢髮是逸亂的
情緒不純粹
無雜質的哀傷是這麼難
寫不了系譜
隔著一重重的紗看
彷彿很美

注定

吶喊直到無聲
仍不能被聽見
所珍愛的只能珍愛
摔不碎拋不去
所苦的無從為之所苦
甩不了丟不掉
生命僅剩漫長的拖延
直至不可挽回的意外發生
或等待注定的終會降臨

後記

我，狗屎，以及我與狗屎之化合物

Shit Happens. 不堪、窘迫、尷尬、貧窮、工作壓力、沒負的責任、讓他人失望、挫折與性挫折、成為人類的渣滓……

由於天生敏感，極度在意這些發生過、正在發生、必然繼續發生的狗屎，午夜夢迴之時（老套卻真實）最先想起的就是這些狗屎（當然還有平生最難忘的幾回性冒險跟性體驗），這些狗屎遂占了我生命中不大卻具決定性的比例。

它們鏽蝕著我的生命，直至最脆弱處先支離斑剝，次脆弱處成為最脆弱處再支離斑剝，這些化合物們如今成為了這本詩集。

過於成熟的果實落在土地上腐敗，青澀果實被提早摘下咬了一口後丟棄然後也腐敗，後者無疑更令人哀傷。幸好我已經過於成熟了。

二〇一九年七月十二日

INK PUBLISHING
文學叢書 609

伸縮自如的愛

作　　者	李國祥
總 編 輯	初安民
責任編輯	宋敏菁
美術編輯	林麗華
封面內文手寫字	游函蓉
校　　對	李國祥　游函蓉　宋敏菁

發 行 人	張書銘
出　　版	INK印刻文學生活雜誌出版股份有限公司 新北市中和區建一路249號8樓 電話：02-22281626 傳真：02-22281598 e-mail：ink.book@msa.hinet.net
網　　址	舒讀網http：//www.sudu.cc

法律顧問	巨鼎博達法律事務所 施竣中律師
總 代 理	成陽出版股份有限公司
電　　話	03-3589000（代表號）
傳　　真	03-3556521
郵政劃撥	19785090　印刻文學生活雜誌出版股份有限公司
印　　刷	海王印刷事業股份有限公司

港澳總經銷	泛華發行代理有限公司
地　　址	香港新界將軍澳工業邨駿昌街7號2樓
電　　話	(852) 2798 2220
傳　　真	(852) 2796 5471
網　　址	www.gccd.com.hk

出版日期	2019年10月　初版
ISBN	978-986-387-315-0
定　　價	330元

國家圖書館出版品預行編目資料

伸縮自如的愛／李國祥 著；
--初版, --新北市中和區：INK印刻文學,
2019. 10　面；13 × 19公分. --（印刻文學；609）
ISBN　978-986-387-315-0（平裝）

863.51　　108014810

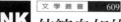